I0557037

www.ingramcontent.com/pod-product-compliance
Lightning Source LLC
Chambersburg PA
CBHW072047170626
46811CB00008B/3205

* 9 7 8 0 4 6 3 3 2 7 4 1 8 *

ثمن الصداقة

قصة واقعية

إعداد وتحرير: رأفت علام

مكتبة المشرق الإلكترونية

صدر في مايو ٢٠٢٠ عن مكتبة المشرق الإلكترونية – مصر

ISBN: 9780463327418

Table of Contents

ثمن الصداقة

تبدأ أحداث القصة في خمسينيات القرن العشرين

الفصل الأول

صداقتهما كانت دائمًا مضربًا للأمثال..

لم يفترقا منذ طفولتهما، ولم يختلفا أو يتشاجرا، ولو مرة واحدة.. منذ حداثتهما، اعتاد الجميع رؤيتيهما معًا..

في اللهو، والمرح، وفي أيام الدراسة والامتحانات..

حتى عندما يمارس (طارق) رياضة الملاكمة، التي يعشقها، كان من الضروري أن تجد (هشام) هناك، يتابع المباراة في قلق، على الرغم من بنيته الضعيفة، وعدم ميله للرياضات العنيفة، وكثيرًا ما يعتريه الشحوب، إذا ما أصيب (طارق) بلكمة، أو كاد يخسر المباراة..

وفي المقابل، كنت تجد (طارق) دائمًا، في كل الحفلات الموسيقية، التي تظهر فيها موهبة (هشام)، بالعزف على البيانو، وكانت يداه تلتهبان بالتصفيق، كلما انتهى (هشام) من عزف إحدى مقطوعاته، وهو الذي لا يميل أبدًا إلى الموسيقى..

كانا يختلفان في كثير من الميول والاهتمامات، إلا أن هذا لم يقف أبدًا كحاجز بين صداقتهما..

وعندما نالا معًا شهادة الثانوية العامة، اتجه (طارق) إلى الكلية الحربية، التي قبلته بين صفوفها على الفور، بجسده القوي المتين البنيان، وتاريخه الرياضي المشرف، في حين قدَّم (هشام) أوراقه إلى معهد الموسيقى، وخطا إليه بجسده النحيل، ومشاعره الرقيقة، ليثبت هناك تفوقه، وينمي موهبته في هذا المجال..

وفي كل إجازة يحصل عليها (طارق)، كانا يلتقيان، ويقضيان معًا كل وقتهما، في حديث لا ينقطع، وكأنما لا يشبع أحدهما من لقاء الآخر أبدًا..

كانت صداقة نادرة، وضعت منذ بدايتها ميثاقًا غير مكتوب، يقول إن (طارق) هو صاحب القوة، الذي يذود عن (هشام) ضد أي عدوان من أقرانهما، ويحميه من أي شخص يحاول استغلال ضعفه..

لم يناقشا هذا الأمر أبدًا، أو حتى يشير أحدهما إليه، ولكنه ظل بينهما كقانون يحترمه الآخرون، ويتحاشون النيل منه..

ثم تخَّرج الإثنان، وصار (طارق) ضابطًا برتبة ملازم ثان، في القوات الخاصة المصرية، في حين حصل (هشام) على وظيفة معيد بمعهد الموسيقى، وعندما التقيا بعدها هتف (طارق) في مرح:

- أهلًا بعبقري الموسيقى الجديد.. ألف مبروك للمعهد، على عملك فيه.

ضحك (هشام)، وهو يقول:

- وما شأن قيادة الجيش بـ(بيهوفن) (مصر)؟

عقد (طارق) حاجبيه، وقال:

- من؟!
ثم قهقه ضاحكًا، وهو يقول:
- يا للأسماء العجيبة، التي تستخدمونها يا رجال الموسيقى.. اسمع.. ما رأيك بالانضمام إلى فرقة موسيقى الجيش؟
لوَّح (هشام) بيده، قائلًا:
- لا.. لا شأن لي بالجيش.
أشار إليه (طارق)، قائلًا:
- سيكون لك به شأن حتمًا يا صديقي، فأنت مثل أي شاب مصري، ستخضع للتجنيد الإجباري.
هز (هشام) كتفيه، وقال:
- من يدري؟.. ربما رفضوني لضعف بنيتي.
ضحك (طارق)، وقال:
- نعم.. من يدري.
ولكنهم لم يرفضوه..
لقد خضع (هشام) للتجنيد الإجباري، وصار جنديًا في جيش (مصر)..
وعلى الرغم من أنه و(طارق) قد صارا ينتميان إلى جهة واحدة، إلا أنهما لم يعودا يلتقيان كالسابق..
كانت لقاءاتهما نادرة وقليلة، و(طارق) يعمل على تدريب واحدة من فرق القوات الخاصة، في حين التحق (هشام) بعمل إداري في وحدة من وحدات الجيش، في قلب (سيناء)..
وذات يوم، كان (هشام) منهمكًا في عمله، عندما سمع صوتًا مرحًا، يقول:
- ألا تؤدي التحية لمن هم أعلى منك رتبة، أيها الجندي؟
رفع (هشام) عينيه إلى مصدر الصوت، وقفز من مقعده، هاتفًا في سعادة:
- (طارق)؟!
أشار (طارق) إلى كتفه، وهو يقول في مرح:
- الملازم أول (طارق) يافتي.. ألا ترى تلك النجمة الثانية، التي تثقل كتفي؟
عانقه (هشام) في سعادة، وهو يهتف:
- مبارك يا صديقي.. مبارك.
ثم تطلع إليه في ارتياح، مستطردًا:
- كم تسعدني رؤيتك يا صديقي العزيز.. من الواضح أن تدريبات القوات الخاصة تزيدك قوة، فقوامك أكثر اعتدالًا، وعضلاتك واضحة، و...
قاطعه (طارق):
- المهم أنني رأيتك.
سأله (هشام) في اهتمام:
- حقًا.. نسيت سؤالك عن هذا.. أهي إجازة أم....؟
قاطعه (طارق) بسرعة:

- شيء من هذا القبيل.

صمت لحظة، ثم بدا وكأنه لا يحتمل كتمان أحد أسراره عن صديق عمره، فتابع في خفوت:

- ستنتقل كتيبتي غدًا إلى منطقة الممرات.. إلى ممر (متلا) بالتحديد.

سأله (هشام)، في خفوت مماثل.

- أهي تحركات عسكرية؟

هز (طارق) كتفيه، وقال:

- ألم تسمع خطب الرئيس (جمال عبد الناصر)، وتهديداته بإلقاء (إسرائيل) في البحر؟.. انتقالنا هو جزء من هذه التهديدات يا صديقي.. نوع من إبراز القوة والعضلات.

سأله (هشام):

- وهل سينتهي هذا بنا إلى الحرب؟

حرك (طارق) رأسه نفيًا، وقال:

- لا.. لا أظن هذا.. أظنها نوع من الحرب الإعلامية، لا أكثر ولا أقل.

ثم ارتسمت على شفتيه ابتسامة عريضة، وهو يمسك كتفي صديق عمره، مستطردًا:

- المهم أننا قد التقينا يا صديقي، هذا هو كل ما يعنيني الآن.

وإلى جوارهما كانت نتيجة الحائط تشير إلى الثالث من يونيو، عام ألف وتسعمائة وسبعة وستين..

قبل يومين من حرب يونيو..

من الكارثة..

الفصل الثاني

لا أحد، حتى ممن عاصروا الأمر، يمكنه أن ينقل صورة حقيقية، لحجم وفداحة الكارثة، التي أصابت جيش (مصر)، في الخامس من يونيو، عام ألف وتسعمائة وسبعة وستين..

لا أحد يمكنه أن يصف كل الأهوال والمصائب، التي حطَّمت جيش دولة كاملة، في أيام معدودة..

سلاح الطيران كله تحطَّم، قبل أن تصعد طائرة واحدة منه إلى السماء..

خيرة شباب (مصر) لقى حتفه، قبل أن يطلق رصاصة واحدة..

القيادة تخبَّطت، والأوامر تضاربت، والذعر ساد الصفوف..

ثم صدر قرار الانسحاب..

حتى هذا القرار، لم يصدر بعد دراسة أو تخطيط..

كان أعجب قرار انسحاب، صدر عبر التاريخ..

وكان على كل شخص أن ينسحب على مسئوليته..

واستدار الجيش المحطَّم، يركض وسط رمال الصحراء، في اتجاه الغرب، سعيًا وراء الفرار، وفوقه تحوم طائرات العدو، ورصاصتها تحصد الشباب والرجال بلا رحمة..

ووسط هذه الجموع الفارة، كان (هشام)..

بجسده النحيل راح يجرّ قدميه فوق رمال سيناء، والشمس تلهب رأسه، والحزن يملأ قلبه..

وحتى في هذه الظروف كان يفكر في (طارق)..

لم يدر ماذا أصابه، ولا كيف هو الآن..

وكان يشعر بالقلق من أجله..

وعندما عجزت قداماه عن حمله، انتقى ظل تبة رملية مرتفعة، وألقى جسده فيه، وراح يلهث في قوة، حتى استلقى أحد رفاقه إلى جواره، وهتف في مرارة:

- ماذا يحدث لنا؟.. لماذا لم نلقيهم في البحر، كما قال القادة؟

تمتم (هشام) في تهالك:

- دع القادة يقولون ما يحلو لهم.

صاح زميله في سخط:

- لماذا فعلوا بنا هذا؟.. لماذا؟

لم يجبه (هشام)...

بل لم يحاول أن يفعل..
لقد ترك جسده المكدود يتهالك ويتداعى، وتجاهل كل الخطر المحيط به من كل جانب، واستسلم لنوم عميق.
وفجأة رأى (طارق) أمامه..
رآه مصابًا، يحيط ساقه بضمادة ملوَّثة بالدماء، ويخفي جسده بين صخرتين عالتين، وهو يناديه..
نعم.. يناديه..
لقد سمع صوت صديقه في وضوح، وهو يهتف باسمه، في لهجة من يستنجد به..
وهنا هبّ من نومه، يهتف:
- (طارق).
انتفض زميله، وقال في عصبية:
- (طارق) من؟.. أتنقصنا كوابيسك أيضًا؟... ألا يكفينا ذلك الكابوس، الذي نحيا كل ثانية منه، ونجهل ما إذا كنا سنستيقظ على قيد الحياة، أم في العالم الآخر.
تجاهله (هشام)، وهو ينهض حاملًا زمزية ماء صغيرة، وقال في حزم:
- (طارق) مصاب هناك.
تطلع إليه زميله في دهشة، وقال:
- هناك؟
أجابه (هشام)، وهو يهم بالسير شرقًا:
- نعم.. عند الممرات.. عند ممر (متلا).. إنه يحتاج إلي.
خيل لزميله أن الشاب لم يحتمل كل هذه الضغوطات، ففقد عقله من شدة الخوف، مما جعله يمسك به، قائلًا:
- إلى أين؟.. هل جننت؟.. كل الناس تهرب غربًا، فكيف تتجه أنت شرقًا.. إنك كمن يلقي نفسه بين فكي ذئب جائع.
دفع (هشام) يده، وهو يقول:
- لا يمكنني أن أترك صديقي هناك.
صاح به زميله:
- ألا تشعر بالخوف؟
ارتجف جسد (هشام)، وهو يقول:
- بل أشعر بالرعب.
وصمت لحظة، ثم أضاف في حسم:

- ولكنني لا أملك الخيار..
وارتفع رأسه في اعتداد، وهو يستطرد.
- إنه صديقي.
وانطلق نحو الشرق..

✿✿✿

لم تكن الرحلة إلى الشرق هينة، لو أن تلك المسيرة الشاقة تحتمل اسم (رحلة)، فلقد التقى (هشام) في طريقه بعشرات من رجال الجيش المصري، الذين يشقون طريقهم إلى الغرب، وكلهم حاولوا إثناءه عن فكرته، بل لقد حاول بعضهم حمله بالقوة إلى الغرب، إلا أنه قاوم كل هذا في شراسة، لا تتفق مع نحوله وضعفه، حتى اضطروا إلى تركه وشأنه..

حتى غابت الشمس في الأفق..

ومع مغيبها، ألقى (هشام) جسده على الرمال، وراح يلهث..

لن يتراجع أبدًا، بعد أن سمع نداء صديقه..

لن يتراجع مهما حدث..

إنه واثق من أن صديق عمره هناك، حيث رآه في حلمه..

إنها ليست أول مرة يحدث فيها..

إنه يذكر مرة، عندما كان صبيين..

أيامها هاجمه عدد من الصبية، وأرادو اختطاف آلة موسيقية صغيرة، كان قد ادخر مصروفه اليومي لشهرين كاملين، حتى أمكنه شراؤها..

كانوا يفوقونه حجمًا وقوة..

ولكنه هتف ينادي صديقه (طارق)..

لم تنفرج شفتاه عن هذا الهتاف، ولكنه أطلقه من أعماقه، وهو يعدو محاولًا الفرار..

ثم ظهر (طارق) فجأة عند الناصية..

وهاجم الصبية..

واضطرهم إلى الفرار..

يومها سأله عما آتى به، فأخبره (طارق) أنه كان نائمًا، وسمعه يناديه، فهب من فراشه، وأسرع إليه..

وأنقذه..

كان دائمًا ينقذه ويذود عنه..

والآن حان دوره..

سينقذ صديق عمره، و...

وفجأة التصقت فوهة باردة بجبهته، وسمع صوتًا ساخرًا، يقول بعربية لها لكنة شرقية:
- هل أمكنك النوم، وسط كل هذه الأحداث، أيها المصري؟
وعندما فتح عينيه، كانت فوهة مدفع آلي مصوبة إلى جبهته..
إلى منتصفها تمامًا..

✿✿✿

تجمد (هشام) في موضعه تمامًا، وهو يتطلع إلى فوهة المدفع الآلي، ومن خلفه وجه الجندي الإسرائيلي، الذي تابع بنفس السخرية:
- هيا أيها المصري.. انهض.
وجد (هشام) صعوبة في أن ينهض واقفًا، وفوجئ بالجندي يلقي إليه معولًا، وهو يقول:
- خذ.. احفر.
امسك (هشام) المعول في حيرة، وهو يسأله:
- أحفر ماذا؟
ابتسم الجندي في سخرية، وهو يقول:
- حفرة أنيقة مستطيلة، في حجم رجل مثلك.
ثم قهقه ضاحكًا، وأضاف:
- لقد سئمنا جمع الأسرى، واتفقنا على حل مثالي.
وأطلَّت من عينيه نظرة شرسة مباغتة، وهو يستطرد:
- هيا أيها المصري.. ستحفر قبرك بيديك.
ارتجف (هشام)، عندما سمع هذا التعليق الأخير، وانقبضت أصابعه على ذراع المعول، وقفز ذهنه إلى الفكرة المخيفة..
فكرة أن يُدفن حيًا..
وأن يترك (طارق)..
وبسرعة راح يفكر في وسيلة للفرار من هذا الجندي..
ولكن كيف؟..
إنه أضعف من أن يهاجم جنديًا محترفًا، يصوّب إليه مدفعًا آليًا، متحفزًا للإنطلاق بلا رحمة..
وصرخ فيه الجندي:
- احفر أيها الجندي..
لم يكد يتم عبارته حتى لاحت أضواء كاشفة من بعيد، والتفت إليها الجندي، وهو يقول في سخرية:

- لا تجعل الأمر يخدعك أيها المصري، إنها ليست واحدة من سيارتكم حتمًا، فلم تعد لكم سيطرة على...

قبل أن يتمّ الجندي عبارته، فعل (هشام) ما لم يتصوَّر أن يفعله أبدًا..

رفع المعول، وهوى بسطحه على جانب وجه الجندي، بكل ما يملك من قوة..

وسقط الجندي أرضًا، وصرخ:

- أذني.. لقد جرحت أذني أيها المصري.. لقد..

ولكن (هشام) هوى بمعوله مرة ثانية، وثالثة، ورابعة..

ثم ألقى المعول من يده، وانطلق يركض فوق الرمال..

لم يدر كيف حصل على كل هذه القوة، ولا كيف أمكنه أن يعدو بهذه السرعة، بعد أن تصوَّر أن جسده قد استنفد كل طاقاته..

ولم يدر حتى كم من الوقت ظل يعدو، إلا أن أنفاسه في النهاية لم تعد تحتمل، فسقط أرضًا، وراح يلهث في قوة، كما لم يفعل من قبل..

ومضى وقت طويل، قبل أن تهدأ أنفاسه وتنتظم، ويتراخى جسده وأعصابه المشدودة..

ثم تراخى جفناه..

تراخيًا طلبًا للنوم والراحة..

ولكن هيهات..

ولقد تناهى إلى مسامعه بغتة هدير محركات تقترب، فانتبهت حواسه كلها، وأسرع يحتمي بتبة قريبة، والهدير يعلو ويعلو ويعلو..

ثم أصبحت هذه المحركات على قيد خطوات منه، وارتفع هديرها قويًا، وغمرت الأضواء المكان، ولكنها ألقت مزيدًا من الظلال، على الجانب الذي يختفي فيه (هشام)، فغمغم هذا الأخير في خوف:

- لاريب أنها دبابات العدو، أو...

وفجأة أدرك أنه على حق، ولكنه أدرك هذا على نحو مرعب..

لقد ارتفعت أمامه بغتة مقدّمة دبابة هائلة، ارتفع جنزيراها على جانبيه، ثم مالا لتعبر الدبابة تلك التبة، التي يختبئ خلفها..

لتعبر فوقه..

✿✿✿

الفصل الثالث

لم ير (هشام) في حياته كلها، أو حتى في أحلامه، مشهدًا أكثر إثارة للرعب، من هذا المشهد..

دبابة هائلة تهوى فوق رأسه..

ولقد أطلق شهقة رعب، أخفاها هدير محرِّك الدبابة، التي مالت باتجاهه، وضربت الرمال بجنزيريها في عنف..

ولوهلة، تصور أن الدبابة قد سحقته، وهدير محرِّكها يصمّ أذنيه، إلا أنه انتبه فجأة إلى أن العمر مازال ممتدًا به، ولم يكتب له الموت بعد؛ فقد هبط جنزيرا الدبابة على جانبيه، وواصلت الآلة العملاقة طريقها، دون أن يدري طاقمهما أنه قد ترك خلفه شابًا مصريًا نحيلًا، شاء له القدر أن يهزم الموت، تحت دبابة هائلة..

وتجمد (هشام) في مكانه، ورتل الدبابات يمر على جانبيه، دون أن ينتبه إليه إسرائيلي واحد..

وابتعدت الدبابات، ولكن (هشام) لم ينبس ببنت شفه، وإنما ظلّ يرتعد في موضعه، حتى ابتعد صوت الدبابات، وتلاشى في الأفق، فتمتم بصوت ارتجفت حروفه، حتى صار من العسير تبيّن معناها:

- يبدو أن لحظة انتقالك إلى العالم الآخر لم تحن بعد يا (هشام).

أراد أن يواصل طريقه نحو الشرق، إلا أن قدميه عجزتا عن حمله، فبقى راقدًا في مكانه، وحاول بأقصى جهده السيطرة على أعصابه..

وفجأة أشرقت الشمس..

وكلمة (فجأة) هنا، تنطبق على شعور (هشام) فقط..

أو على ما يذكره..

فقد أراد أن يسيطر على أعصابه، ولكن أعصابه هذه خانتة، وأسقطته فاقد الوعي، من شدة الإرهاق والتعب، فلم يستعد وعيه إلا والشمس تبرز في الأفق..

ولم يكد أوَّل شعاع من الضوء يسقط على وجهه، حتى انتفض، وفتح عينيه، وهبّ جالسًا في ذعر، وهو يهتف:

- يا إلهي!!.. كيف استسلمت للنوم هكذا؟.. كيف تركت (طارق) هناك، يعاني الألم والجوع؟

اعتدل ينفض الرمال عن زيه المتهالك، ثم حمل زمزميته، وفتح غطاءها، ولم يكد يرفعها إلى شفتيه حتى توقَّف بغتة، وتطلع إلى كمية الماء الضئيلة داخلها، وغمغم:

- سيحتاج (طارق) إلى الماء حتمًا.

أعاد غطاء الزمزمية إلى موضعه، وثبتها إلى حزامه، ثم ملأ صدره بالهواء، وقال في حزم:

- على بركة الله.

ومضى يواصل طريقه نحو الشرق..

وعلى الرغم من جسده الضعيف، كانت عزيمته قادرة على شق الصحراء..

وصداقته قادرة على تحطيم المستحيل..
إلا أنه، وعندما أصبحت الشمس في كبد السماء، كان يترنح كالسكير، ويجرّ قدميه جرًا..
كان يحتاج إلى قطرة ماء، يروي بها طمأة، إلا أنه بخل بها على نفسه، خشية أن يحتاجها صديق عمره..
وسقط (هشام) على ركبتيه..
لم يعد يستطيع المضي خطوة واحدة..
وفي أعماقه، راحت نفسه تهتف:
- لا تستسلم.. انهض.. انهض من أجل (طارق).. انهض.
تمتم في إعياء:
- نعم... من أجل (طارق).
بذل أقصى طاقته، حتى وقف على قدميه، ورفع بصره إلى الشرق..
ها هي ذي الممرات تبدو من بعيد..
ها هو ذا الهدف يتضح..
أم أن هذا مجرَّد سراب؟.
زاغت عيناه، وتساقطت عليهما قطرات العرق، فبدت الرؤية أمامه مهتزة مموجة، وخيل إليه أن طائرًا ضخمًا يتجه إليه، إلا أنه لم يلبث أن سمع هدير محرَّك هذا الطائر الضخم، فمد أصابعه يمسح حبات العرق عن عينيه، وهنا لاح له الطائر على حقيقته..
لاح على هيئة هليوكوبتر حربية صغيرة، تحمل على جانبها نجمة سداسية زرقاء..
نجمة إسرائيلية..

✿✿✿

لم يكد راكبا الهليوكوبتر الإسرائيليان يلمحان (هشام)، في زي جندي مصري، حتى ارتسمت على شفتيهما ابتسامة ساخرة، وأشار أحدهما للآخر بالهبوط، وإثارة رعب هذا المصري قليلًا، قبل التقاطه كأسير..
لقد كانا قد اعتادا العبث على هذا النحو، منذ فقد الجيش المصري سلاحه الجوي، وتبعثر جنوده في الصحراء، بأمر انسحاب غير مدروس.
كل ما يختلف في رأيهما، في حالة (هشام)، هو موضعه، فالمفروض – حسب علمهما – أن هذه المنطقة قد خلت تمامًا من المصريين..
ولكن الجنديين لم يتوقفا طويلًا عند هذه النقطة، بل تجاوزاها في سرعة، وهبطا ليثيرا خوف (هشام)، وأطلقا رصاصات الهليوكوبتر حوله..
ولكن (هشام) لم يتحرَّك..
لم يعد قادرًا على أن يفعل..
لقد استنفر طاقته كلها من أجل (طارق)، ولكنه يعجز عن بذل حركة واحدة، من أجل نفسه..
وسقط (هشام) مرة أخرى على ركبتيه..
وانهمرت قطرة دمع كبيرة من عينيه..

لم يبك لخوفه من هؤلاء الإسرائيلين، وإنما بكى؛ لأن التعب قد بلغ منه مبلغه، وأجبره على السقوط أمامهما، ولأن مصرعه سيترك صديق عمره بلا نصير أو صديق..

ومرة أخرى، أجبر كل عضلاته على النهوض، حتى لا يجثو على ركبتيه أمام زوج من الأحذية الإسرائيلية..

وخيل إليه أنه قد فقد كل مشاعره..

تحول إلى آلة، كل عملها هو أن تقف صامدة، حتى والرصاصات تنهمر حولها.

وهتف أحد الإسرائيلين بدهشة:

- عجبًا!!.. إنه لا يبالي بالرصاصات.

عقد الثاني حاجبيه، وهو يقول في حدة:

- إنه إما أشجع رجل عرفته، في حياتي كلها، أو رجل فقد عقله من شدة الخوف.

ابتسم زميله، وقال:

- هيا نهبط لانتشاله، وسنجد لديه الجواب حتمًا.

هبطت الهليوكوبتر على قيد أمتار من (هشام)، الذي لم يستطع إلا إغماض عينيه، تفاديًا لسحابة الرمال، التي أثارتها مروحة الهليوكوبتر، حتى شعر بفوهة مدفع آلي تضرب جنبه، وسمع صوتًا غليظًا يقول:

- ارفع يديك أيها المصري.. أنت أسيرنا.

غمغم (هشام):

- يمكنك أسري كما تشاء، ولكنني عاجز عن رفع يدي.

دفعه الجندي بمدفعه في ظهره، وقال:

- تقدم إذن نحو الهليوكوبتر.

كادت تلك الدفعة أن تلقيه على وجهه، لولا كرامته، التي تشبث بها، فعاونته على دفع قدميه إلى الأمام، نحو الهليوكوبتر، لم يكد يبلغها حتى أمسك قائمها، وألقى جسده داخلها، فغمغم قائدها ساخرًا:

- ماذا أصابك أيها المصري؟.. هل قطعت (سيناء) كلها سيرًا على قدميك؟

غمغم (هشام):

- شيء من هذا القبيل.

قفز الإسرائيلي الثاني داخل الهليوكوبتر، وتحدث إلى قائدها بكلمات عبرية، قهقه بعدها الطيار، وقال بالعربية:

- زميلي يقول إنك أضعف جندي رآه في عمره كله.

تمتم (هشام):

- يضع سره في أضعف خلقه.

عقد الطيار حاجبيه، وقال:

- ماذا تعني؟

تهالك (هشام)، وهو يجيب:

- لا عليك.. إنه مجرد مثل شعبي مصري.

مط الطيار شفتيه في امتعاض، وضغط أزرار قيادة الهليوكوبتر، وجذب عصا القيادة، وارتفع بالهليوكوبتر في بطئ، في حين صوّب رفيقه فوهة مدفعه الآلي إلى (هشام) في تراخ، وكأنما أدرك أن هذا الأخير قد بلغ درجة من الضعف والإنهاك، تمنعه من إتيان أي عمل هجومي، أو دفاعي..

أما (هشام) نفسه، فقد ترك جسده يتراخى، وهو يشعر بمرارة شديدة في أعماقه..

لقد خسر لعبته كلها..

وفقد صديقه..

لم يستطع الذود عن صديقه، عندما احتاج إليه هذا الصديق..

كان هذا أكثر ما يؤلمه..

أغلق عينيه في مرارة، وهو يحاول أن يبعد عنهما صورة (طارق)، الشاحب الوجه، الراقد بين صخرتين كبيرتين، في ممر (متلا)..

وعلى الرغم منه، انحدرت من عينيه قطرة دمع، بلَّلت وجنته، ثم سقطت على راحته..

قطره حملت كل حزنه ولوعته، وسالت بين أصابعه، لتبلِّل أرضية الهليوكوبتر بنقطة باهتة، لم تلبث حرارة الشمس أن ذهبت بها بلا عودة..

وبينما كان (هشام) يجترّ أحزانه، زفر الطيار في حنق، وهو يقول:

- يا لحرارة هذا الصيف!

ومسح العرق الذي يغطي جبهته بيده، ثم نفض قطراته على زجاج الهليوكوبتر، وهو يلتقط مسماع جهاز اللاسلكي، ويقول:

- هنا (ابن إليعازر).. معنا أسير مصري جديد، ونحن الآن في طريق العودة إلى العش الرئيسي، ونعبر في هذه اللحظة ممر (متلا)، و...

لم يسمع (هشام) باقي العبارة، فقد شحذت الكلمة الأخيرة حواسه بغتة، ودفعت أطنانًا من الحماس إلى عروقه..

إنهم يعبرون الآن ممر (متلا)..

حيث (طارق)..

وبدون تفكير دفع (هشام) ظهره بقوة في مقعده، ثم رفع قدميه وضربها في ظهر مقعد الطيار، الذي اندفع إلى الأمام، وأمال عصا القيادة بالتبعية، وهو يصرخ:

- ماذا تفعل أيها المجنون؟

مالت الهليوكوبتر إلى أسفل في حدة، وهوت نحو الممر، وسقط الجندي الآخر عن مقعده، وصرخ:

- أيها المصري ال.....

قبل أن يتم عبارته، كان (هشام) يدفعه بيديه، بكل ما سرى في عروقه من قوة، فاختل توازن الجندي، وهتف:

- ماذا حدث لك أيها ال....؟

ولكنه فجأة أدرك أن باب الهليوكوبتر خلفه تمامًا..

أدرك هذا، عندما وجد جسده يندفع خارج الهليوكوبتر..

ويهوى..

وانطلقت صرخة الإسرائيلي، وهو يسقط من الهليوكوبتر، ويرتطم بصخور ممر (متلا)، ثم يقطع الأمتار الباقية في صمت، ويرتطم برمال (سيناء)..

أما الجندي الآخر، الذي يقود الهليوكوبتر، فقد جذب عصا القيادة بكل قوته، وهو يصرخ:

ـ لقد قتلته أيها المصري.. قتلته أيها ال..

لم يعد هناك مجال للتراجع، لذا فقد دفع (هشام) الطيار في ظهره مرة أخرى، ورأى الصخور تقترب مرة ثانية، والطيار يبذل أقصى جهده للسيطرة على الهليوكوبتر، صارخًا:

ـ أي مجنون هذا؟!.. أي أحمق؟!..

ثم ارتطمت مروحة الهليوكوبتر بالصخور، وانجرفت في عنف، ثم هوت نحو الرمال بسرعة مذهلة..

عندئذ فقط أدرك (هشام) ما فعله بنفسه.

لقد انتحر..

الفصل الرابع

لا تسألوني كيف نجا (هشام)..
لا تسألوني كيف وجد نفسه سليمًا معافى، يرقد فوق رمال (سيناء)، بعد أن هوت الهليوكوبتر كالحجر، وارتطمت بهذه الرمال بكل عنف..
كل ما يذكره هو ذلك الرعب الهائل، الذي ملأ كيانه، وسيطره على كل حواسه، مع سقوط الهليوكوبتر، حتى أنه أغمض عينيه في قوة..
ثم حدث الارتطام..
ووجد جسده يطير في الهواء، ثم يهبط على الرمال، كما لو أن يدًا حانية قد حملته في رفق، وأرقدته فوق رمال وطنه في حرص..
لا تسألونني لماذا لم يتحطم جسده، كما حدث للطيار الإسرائيلي، فأنا لا أعرف الجواب..
ولا حتى (هشام) يعرفه..
الكلمة الوحيدة، التي تضع تفسيرًا لما حدث، هي القدر..
القدر الذي لم يعلن بعد انتهاء حياة (هشام)، على هذه الأرض..
المهم أنه قد نجا، أيًا كانت الأسباب، ووجد نفسه يرقد سليمًا معافى على الرمال، وعلى بعد أمتار منه تشتعل النيران في الهليوكوبتر..
ولربع ساعة كاملة، بقى (هشام) راقدًا على رمال (سيناء)، مغلقًا عينيه، ومسترخيًا تمامًا، وقرقعة النيران، التي تلتهم الهليوكوبتر تملأ أذنيه..
نهض مستعيدًا كل حيويته ونشاطه، كما لو أن هذه الدقائق قد امتصت كل تعبه وتوتره..
وفي بطئ، رفع (هشام) عينيه إلى أعلى ذلك المرتفع الصخري، الذي يصنع أحد جانبي الممر، وغمغم:
- اطمئن يا (طارق).. اطمئن يا صديقي العزيز.. أنا في الطريق إليك.
وبدا يتسلق جدار الممر..

✿✿✿

جهد هائل، ذلك الذي بذله (هشام)، وهو يتسلَق الجدار الصخري بذراعيه النحيلين، وأصابعه التي لم تعتد سوى لمس أصابع البيانو، وإطلاق النغمات العذبة..
جهد هائل، لم يكن هو نفسه يتصوَّر قدرته على القيام به..
ولكنه فعله..

كان كلما أنهكه التعب يتذكر صديقه (طارق)، وحاجته إليه، فيدفع جسده دفعًا للاستمرار والمواصلة..

حتى يبلغ القمة..

لم يكد يبلغها حتى سقط فوقها، وراحت أنفاسه تتلاحق في صعوبة، وصدره يعلو ويهبط كشخص يفارق الحياة..

ومضت دقائق طويلة، قبل أن تهدأ أنفاسه، وينهض جالسًا، ويدور بعينيه فوق القمة..

ثم انتفض جسده كله في انفعال..

ها هو ذا موضع (طارق)..

ها هماتان الصخرتان، اللتان رآهما في حلمه..

اندفع دون تردد نحو الصخرتين، ولم يكد يبلغهما، حتى ارتفعت من بينهما يد منهكة، تحمل مسدسًا كبيرًا، مصحوبة بصوت حاول صاحبه أن يبثه أكبر قدر من الحزم والخشونة، وهو يقول:

- ابرز هويتك يا رجل.. مصري أنت أم إسرائيلي؟.. انطقها بسرعة، فلن أنتظر حسم الأمر طويلًا.

اختلج قلب (هشام)، عندما تعرف الصوت، وانحنى بسرعة يلقى نظرة على ذلك الوجه، الذي طال شوقه لرؤيته، وهو يقول:

- (طارق).

قالها بكل لهفة الدنيا وفرحتها، واتسعت عينا (طارق) في ذهول، وهو يهتف:

- (هشام)؟!.. مستحيل!

ترنح (هشام)، وهو يقول في سعادة:

- تمامًا كما رأيتك يا (طارق).. حمد لله أنني وجدتك.. حمدا لله

ثم ألقى نفسه بين ذراعي صديقه..

أو بمعنى أدق، سقط بينهما...

سقط فاقد الوعي..

❀❀❀

كانت الشمس تغرب في الأفق، عندما استعاد (هشام) وعيه، ولم يكد يفتح عينيه، ويطالعه وجه (طارق) الشاحب، حتى ابتسم في ارتياح، وغمغم:

- أخيرًا التقينا يا (طارق).

مسح (طارق) العرق الغزير، الذي يغطي جبين صديق عمره، وهو يقول في لهجة تجمع ما بين الحنان والعتاب:

- ماذا فعلت أيها المجنون؟.. لماذا عدت إلى هنا؟

نهض (هشام) جالسًا، وهو يجيب:
- لم أكن لأتركك هنا وحدك.. أكنت تفعل، لو كنت مكاني؟
هزَّ (طارق) رأسه نفيًا، وهو يطالع وجه صديقه في امتنان، ثم سأله في خفوت، وكأنما يخشى أن تهزمه مشاعره، لو ارتفع صوته قليلًا:
- ولكن كيف عرفت أنني هنا؟
ابتسم (هشام)، وأجاب:
- هل تذكر هؤلاء الصبية، والبيانو الصغير؟
أومأ (طارق) برأسه إيجابًا، وغمغم:
- نعم.. بالتأكيد.
ثم ناول (هشام) نفس الزمزمية القديمة، التي كان يحملها في حزامه طيلة الوقت، وقال:
- هيا.. ارو ظمأك بجرعة ماء، من الواضح أنك تحتاج إليها.
قال (هشام) معترضًا:
- لا.. لقد حملتها طوال الطريق من أجلك.. إنك لم تجرع الماء منذ زمن.. أليس كذلك؟
ربت (طارق) على كتف صديقه، وتمتم:
- سنقتسم هذا الماء إذن يا صديقي.. كما نفعل دائمًا.
اقتسما الماء بالفعل، ثم استرخى (طارق) إلى جوار زميله، وسأله:
- كيف وصلت إلى هنا؟
روى له (هشام) كل ما حدث، منذ بدأ مسيرته نحو الشرق، وحتى التقيا، فتطلّع إليه (طارق) في دهشة، وقال:
- أنت يا (هشام)؟!.. أنت فعلت كل هذا؟!..
أمسك (هشام) يد صديقه، وابتسم قائلًا:
- لقد فعلته من أجلك يا صديقي.. إنني أحاول سداد جزء من ديوني لك.
قال (طارق) في دهشة:
- أية ديون؟
ابتسم (هشام) في امتنان، وهو يقول:
- ألم تدافع عني طوال عمر صداقتنا؟.. ألم تكن دائمًا الدرع والسيف لي؟
هتف (طارق) معترضًا:
- من أوحي لك بهذه الفكرة العجيبة؟.. إننا صديقان يافتى، ولا توجد ديون بين الأصدقاء.

ضغط (هشام) يده مرة أخرى، وهو يغمغم في لهجة، لا يشدو بها اللسان إلا مع صديق:

- بالتأكيد.

تطلع إليه (طارق) لحظة في صمت، وبدا وكأنه يرغب في قول شيء ما، ثم لم يلبث أن أشاح بوجهه، وأشار إلى فجوة بين الصخرتين، تسمح برؤية أسفل الممر، وقال:

- لقد حضر الإسرائيليون، وحملوا جثتي الجنديين، اللذين صرعتهما أنت، وفتشوا المنطقة بحثًا عمن قتلهما، ثم انصرفوا، ولاشك أنهم سيعودون لوضع حراسة على الممر، مع مشرق شمس الغد، وعندئذ ستصبح مغادرة هذا المكان ضربًا من المستحيل.

قال (هشام) في حزم:

- هذا يعني أن نبدأ رحلة العودة الآن.

أجابه (طارق) في صرامة:

- بل أن تبدأها وحدك.

سأله في دهشة:

- ماذا تعني يا (طارق)؟

أجابه (طارق) في حدة:

- أعني أنني لم أبق هنا، خوفًا من مواجهة الإسرائيلين، وإنما بقيت بسبب ساقي المصابة، وعظمة الساق المكسورة، وهذا يعني – بكل بساطة – أنني عاجز عن الحركة، ويعني أيضًا أن الفرصة الوحيدة للفرار من هنا، هي أن تفر وحدك.. هل فهمت؟

ران عليهما الصمت لحظات، و(هشام) يتطلع إلى وجه صديقه، قبل أن يقول في حسم:

- لا.. لم أفهم.

صاح به (طارق):

- اسمعني جيدًا يا (هشام)...

ولأول مرة في حياته، قاطعه (هشام)، وهو يقول:

- بل اسمعني أنت يا (طارق).

ألجمت لهجته الصارمة (طارق)، فتطلع إليه في دهشة، وهو يستطرد

- إنني لم أقطع المسافة من قلب (سيناء) إلى هنا، بدلًا من أن أتبع الجميع إلى شاطئ القناة، لكي تطلب مني أن أتركك، وأعود وحدي.. لا يا صديقي.. فلتعلم إذن أنني أفضل الموت معك، على أن أتركك وأنجو بنفسي.. كيف

تتصورني أواجه نفسي في المرآة، أو حتى في أحلامي، إذا ماتركتك وحدك هنا، وسعيت لإنقاذ حياتي فقط؟

قال (طارق):

- أؤكد لك أن الإسرائيلين لن يحاولوا قتلي، بل سيكتفون بأسري، و...

قاطعه (هشام) بلهجة أشد حسمًا هذه المرة:

- فليأسروننا معًا.

وتطلع نحو الأفق، حيث غربت الشمس، مستطردًا بكل إصرار الدنيا وعنادها:

- أو ننجو معًا.

وانحسم النقاش..

✿✿✿

الفصل الخامس

على الرغم من الآلام، التي يشعر بها، لم يملك (طارق) إلا أن يبتسم، وهو يتطلَّع إلى (هشام) ببنيته الضئيلة، وقد انهمك في صنع محفّة من بقايا أخشاب وحبال، وراح يستخدم كل ما يعثر عليه، وسط حطام المعسكر، الذي كان يضمّ بعض رفاق (طارق)، فوق القمة، قبل الهجوم الإسرائيلي، وبصوت شاحب كوجهه، غمغم (طارق):

- أين تعلمت كل هذا؟

ابتسم (هشام)، والعرق يغمر وجهه، وأجاب:

- من الكتب.

تطلَّع إليه (طارق) في مودة، وهو يقول:

- عجبًا!.. وهل تفيد القرءاة إلى هذا الحد؟. لقد صنعت جبيرة لقدمي المكسورة، باستخدام قطعتين من الخشب، وخيط متين، والآن تصنع محفة، ورافعة بدائية.. فيم تتصور استخدامها إذن؟

أجابه (هشام):

- في إنزالك من هنا.

حدَّق (طارق) في الرافعة بدهشة، ولم يمكنه أبدًا أن يصدِّق أن قائمين من الخشب يمكنهما إنزاله من قمة الممر لضخامة جسده، وخاصة عندما يقف إلى جوارهما شخص ضئيل الحجم كـ(هشام)، فهتف مستنكرًا:

- هذه؟!

اعتدل (هشام)، ومسح عرقه بكفه، وأجابه في بساطة:

- نعم.. فهي رافعة من النوع الثاني، يكون فيها ذراع القوة أطول من ذراع المقاومة، وبهذا لا يحتاج المرء إلا لبذل جهد صغير، في سبيل رفع جسم كبير، ولقد صنعتها على نحو يتيح لي إدارتها بعد وضعك على المحفة، و...

قاطعه (طارق) في قلق:

- مهلًا.. هل سيمكنك أن تفعل كل هذا وحدك؟

هتف (هشام) في حماس:

- بالتأكيد.

كان (طارق) يعلم أن صديقه يكابر، إلا أنه لم يكن يملك الاعتراض، فلقد كشف – لأول مرة – كم يمتلك (هشام) من عناد وإصرار، أخفتهما طبيعته الرقيقه، وأصابعه المرنة على أصابع البيانو، سنوات وسنوات..

ولقد لاذ (طارق) بالصمت، واكتفى بمراقبة صديقه، الذي نقله في رفق إلى المحفّة، ثم ثبتها إلى أحد ذراعي الرافعة، وانتقل إلى الذراع الأكثر طولًا، وبدأ يرفعه بالمخفة، ويديرها إلى حافة الجدار الصخري، حتى أصبح (طارق) معلقًا بمحفته في الهواء..

كان من الواضح أن (هشام) يبذل مجهودًا هائلًا، يفوق احتمال جسده النحيل بمراحل، على الرغم من وجود تلك الرافعة، التي تعاونه، إلا أن ذلك المزيج من الإصرار والحزم، الذي يكسو وجهه، كان يشير إلى قدرته على مواصلة العمل، حتى آخر رمق..

وبلهجة يغلب عليها الحنان، وتلهث حروفها تعبًا، قال (هشام):

- الآن ستبدأ مرحلة الهبوط.. اغلق عينيك يا صديقي، واسترخ تمامًا.

قالها وبدأ التنفيذ بالفعل..

وبدأ جسد (طارق) يهبط بالمحفّة، وهذا الأخير صامت، يمتلئ قلبه بالقلق على رفيق عمره، ويمتلئ عقله بالتساؤل..

فحتى بالنسبة إليه هو، كرجل قوات خاصة محنك، تلقى تدريبات بالغة الدقة، كانت المهمة تبدو عسيرة، فماذا لو قام بها شاب مرهف الحس، رقيق البدن، مثل (هشام)؟!..

أما (هشام)، فقد توقف عقله عن التفكير تمامًا، في تلك اللحظات، وسمح لكل طاقته ودماءه بالذهاب إلى عضلاته، التي انقبضت عن آخرها، وهو يلعب دور محرّك المصعد، ويحاول إنزال صديقه على الرمال في رفق..

وخيل إليه أن الهبوط استغرق دهرًا، وأن عضلاته ستنهار بعد لحظات، قبل أن يتلاشى انقباض هذه العضلات بغتة، ويتراخى الحبل، الذي يربط المحفة إلى الرافعة..

وهنا.. هنا فقط.. ترك (هشام) جسده يتهالك بين الصخور..

لقد بلغ صديقه الرمال، وأصبح من حقه هو أن يحصل على قدر من الراحة..

لم يكد يستكين لهذا الخاطر، ويسمح لجسده بالاسترخاء لحظة، حتى صرخ جزء من عقله يستنكر هذا..

كيف يسترخى، وصديقه وحده بالأسفل، عاجز عن الحركة؟!..

ماذا لو هاجمه جندي من الأعداء، أو حتى ذئب جائع؟..

أعادت إليه الفكرة شيئًا من قوته، فهب من مكانه، وأسرع يهبط الجدار الصخري..

وكان الهبوط أكثر سرعة وسهولة من الصعود..

وما هي إلا دقائق، حتى وجد نفسه إلى جوار (طارق)، الذي رقد صامتًا فوق المحفّة، التي استقرت على الرمال، فانحنى نحوه، وسأله:

ـ أأنت بخير؟

أجابه (طارق) بإيماءة من رأسه، وتمتم في شحوب:

ـ حمدًا لله.

جلس (هشام) إلى جواره، وضم ركبتيه إلى صدره، وأحاطهما بذراعيه، ثم ألقى رأسه عليهما، وصمت طويلًا، في محاولة لالتقاط أنفاسه، واستعادة قوته..

واحترم (طارق) صمته، فلم ينبس ببنت شفه، طوال نصف ساعة كاملة، بدا له خلالها أن (هشام) قد استغرق في النوم، وهو على هذا الوضع، حتى انتفض (هشام) بغتة، وهتف:

ـ يا إلهي!.. هل استسلمت للنوم؟

أجابه (طارق) مشفقًا:

ـ قليل من الوقت فحسب.

نهض (هشام) ينفض الرمال عن ثوبه، وهو يقول في توتر:

ـ لا ينبغي أن نضيع الوقت.. هيا.. ستبدأ رحلة العودة على الفور.

سأله (طارق) في مرارة:

ـ كيف؟

هتف وهو يحلّ الحبل، الذي يربط (طارق) إلى المحفّة:

ـ ماذا تقصد بكيف؟.. إننا سننطلق إلى الغرب، حتى لو اضطرنا الأمر إلى قطع المسافة على الأقدام، و...

انتبه بغتة إلى قدم صديقه المكسورة، فانحبست الكلمات في حلقه، واحتقن وجهه لحظة، غمغم (طارق) خلالها:

ـ ألم أقل لك؟

جلس (هشام) إلى جوار صديقه، وغمغم في توتر:

ـ هناك وسيلة حتمًا.

ثم أمسك يد (طارق) بغتة، وأضاف في حسم:

ـ اسمع يا (طارق).. إننا نؤمن بالله (سبحانه وتعالى)، ولو أنه كتب لنا الحياة، فسنجد الوسيلة حتمًا، أو...

أمسك (طارق) يده فجأة، وهو يقول:

انصت.

أرهف (هشام) سمعه لحظات، ثم سأله في قلق:

- ما المفروض أن أسمعه؟
أجابه (طارق) في انفعال:
- سيارات.. سيارات تقترب من الشرق.
لم يكد ينطقها، حتى بلغت أصوات المحركات مسامع (هشام)، فتمتم في هلع:
- يا إلهي!..
وأسرع يحمل رفيقه من تحت أبطيه، ويجذبه فوق الرمال، إلى الصخور الضخمة، عند قاعدة الجدار الصخري، و(طارق) يقول:
- إنهم الإسرائيليون.. لقد قرروا وضع فرقة حراسة على الممر.
أخفى (هشام) جسد صديقه خلف صخرة كبيرة، ثم أسرع عائدًا إلى المحقّة، فأخفاها بالرمال، في نفس الوقت الذي بدت فيه مصابيح السيارات، فأسرع عائدًا إلى حيث ترك صديقه، وانكمش إلى جواره يلهث، وكلاهما يختلس النظر، من فرجة خلف الصخرة، إلى بداية الممر..
ووصلت فرقة الحراسة..
وكان من الواضح أنها فرقة مؤقتة، أو أن ثقة الإسرائيليين بنصرهم كانت أكثر مما ينبغي، حتى أنهم وجدوا مثل هذه الفرقة الصغيرة كافية، لحراسة ممر حربي هام، مثل ممر (متلا)؛ إذ كانت الفرقة تتكون من أربع سيارات، من نوع الجيب، تضم عشرين جنديًا، ودبابة واحدة، بطاقم من أربعة أفراد..
وفور وصول الإسرائيلين، بدأوا في إعداد معسكرهم، وأشعلوا بعض النيران، على قيد أمتار من سيارتهم، وجلسوا يتسامرون ويتمازحون، فغمغم (طارق):
- يا للأوغاد!
أما (هشام) فقد بقى صامتًا، يتطلّع إلى الموقف لحظات، ثم التفت إلى صديقه، يسأله:
- ألديك أسلحة أخرى، بخلاف هذا المسدَّس؟
سأله (طارق) مستنكرًا:
- لماذا؟.. هل تفكر في مقاتلتهم وحدك؟
ابتسم (هشام) في شحوب، وهو يقول:
- وهل يبدو لك هذا منطقيًا؟
تطلّع إليه (طارق) لحظة في صمت، قبل أن يجيب:
- لا يمكنني الجزم.
صارت ابتسامة (هشام) أكثر شحوبًا، وهو يقول:

- حسنًا.. أخبرني ماذا لديك، وستفهم ما أقصده فيما بعد.
أفرغ (طارق) جيوبه، وقال:
- لقد نفذت ذخيرتي تقريبًا، وكل ما لدي مسدس تحوي خزانته أربع رصاصات، وعلبه أعواد ثقاب، وزمزمية فارغة، وبعض قطع السكر.
قال (هشام) في اهتمام:
- حسنًا.. احتفظ بالمسدس، وأعطني الباقي.
سأله (طارق) في حدة:
هل ستقاتل دستتين من الأعداء، بزمزمية فارغة، وعلبة أعواد ثقاب؟
رفع (هشام) سبابته أمام وجهه، وقال:
- وبعض قطع السكر.
هتف (طارق) في صوت خافت:
- هل جننت؟
ربت (هشام) على كتف صديقه مهدئًا، وهو يقول في رفق:
- لا ياصديقي.. صدقني.. إنني أعلم جيدًا ما الذي يمكنني فعله.. سأشن على هؤلاء الأعداء حربًا غير متوقعة.
وابتسم في شحوب، مستطردًا:
- حرب كيميائية.
تطلع إليه (طارق) في دهشة، فربّت على كتفه مرة أخرى، وقال:
المهم الآن أن نزحف معًا، حتى نبلغ أقصى نقطة في الممر غربًا، وبعدها حاول أن تستند إلى صخرة كبيرة، وتقف متأهبًا، حتى أعود إليك.
أمسك (طارق) يده في قوة، وسأله في توتر:
- أخبرني أولًا ماذا ستفعل؟
عادت إلى (هشام) ابتسامته الشاحبة، وهو يقول:
- ألم أقل لك يا صديقي؟.. إنها الحرب.. الحرب الكيميائية.
ولم يفصح عن أكثر من هذا..

✿✿✿

الفصل السادس

من المؤكد أن الإسرائيليين كانوا مفعمين بالثقة والزهو، بعد ذلك الانتصار الساحق، الذي حققوه في حرب خاطفة، حتى أنهم عندما التفوا حول النار يتسامرون، لم يحاولوا ترك أحدهم لحراسة السيارات الأربع أو الدبابة؛ لذا فقد استطاع (هشام) التسلّل إلى حيث السيارات في سهولة، وهناك فتح خزان وقود إحدى السيارات، ثم مزق كم قميصه، وأدلاه في خزان الوقود، وتركه لحظات، حتى تشبع به، ثم جذبه في رفق، وراح يصفي الوقود السائل من كم القميص، داخل الزمزمية الفارغة، حتى اعتصر الكم تمامًا، ثم كرر العملية أكثر من مرة، إلى أن امتلأت الزمزمية بالبنزين حتى آخرها، فأغلقها بقطعة من القماش المبلل بالبنزين، اقتطعها من كم قميصه الممزق، وبعدها ألقى قطعتين من السكر داخل خزان الوقود، وانتقل إلى سيارة ثانية، وفعل بها المثل، ثم إلى الثالثة، كذلك فعل بخزان وقود الدبَّابة، وترك فقط سيارة واحدة، دون أن يفعل بها هذا..

وألقى (هشام) نظرة ثانية على الإسرائيليين، الذين ارتفعت ضحكاتهم وسط الظلام، وغمغم:

- الآن حانت لحظة الجد.

وأشعل أحد أعواد الثقاب، وأشعل منه قطعة القماش المبلَّلة بالبنزين، في غطاء الزمزمية، ثم ألقى الزمزمية نحو الدبَّابة..

ودوى الانفجار يشق سكون الليل في المنطقة..

انفجرت الزمزمية، بكل الوقود داخلها، وتساقط البنزين المشتعل على الدبابة، فهب الإسرائيليون مذعورين، وحمل كل منهم سلاحه، وهم يتجهون بأبصارهم إلى الدبابة المشتعلة..

وهنا انطلق (هشام) من خلف ظهورهم، إلى السيارة الوحيدة التي لم يضع قطع السكر في خزان وقودها، وقفز داخلها، وشكر للإسرائيلين ذلك الاستهتار، الذي جعلهم يتركون مفاتيح القيادة في موضعها وأدار المحرك..

وهنا فقط انتبه إليه الإسرائيليون، وصرخ أحدهم بالعبرية، واستدارت إليه فوهات مدافعهم الآلية، في نفس اللحظة التي انطلق فيها بالسيارة عبر الممر..

وشعر (هشام) بالرصاصات تنهال حوله كالمطر، وسمع بعضها يرتطم بجسم السيارة، ولكنه لم يتوقف، بل زاد من سرعته، حتى بلغ نهاية العمر،

حيث كان (طارق) يستند إلى صخرة كبيرة، وقد ازداد وجهه شحوبًا، فقفز (هشام) من السيارة، وعاونه على ركوبها، وهو يقول:
- لقد نجحنا يا صديقي.
تطلَّع إليه (طارق) في ذهول، وقال:
- كيف فعلتها؟
أجابه (هشام) وهو يعود للقفز داخل الجيب:
- لقد استخدمت كل ما حصلت عليه منك.
وانطلق بالسيارة مبتعدًا، دون أن يضيف حرفًا...
وفي نفس اللحظة، كان الإسرائيليون يقفزون داخل سياراتهم، ويديرون محركاتها، لمطاردة (طارق) و(هشام)..
ولكن المحركات أطلقت زئيرًا عنيفًا، وارتجَّت السيارات في قوة، ثم توقفت المحركات تمامًا..
وأصيب الإسرائيليون بالذهول..
ماذا أصاب سيارتهم؟..
ما الذي فعل هذا؟..

***

"السكر".
نطقها (هشام) في انفعال، وهو يركز كل طاقته على الابتعاد بالسيارة، والانطلاق بها نحو الغرب، فسأله (طارق) في دهشة:
- وما الذي يفعله السكر؟
أجابه (هشام):
- إنه يتفاعل مع البنزين، فيمنع عملية احتراقه، ويفسد المحرك.. لقد قرأت هذا، في أحد الكتب العلمية.
هتف (طارق) في دهشة:
- قرأته؟!
واستند إلى مقعده، وهز رأسه في حيرة، ثم قال:
أتعلم يا (هشام)؟.. إذا ما كتبت لنا النجاة بعد كل هذا، ونجحنا في العودة إلى الوطن، سأولي اهتمامًا أكبر إلى القراءة.
قال (هشام) في حماس:
- سنعود يا صديقي.. سنعود بإذن الله (سبحانه وتعالى).

كان ذلك الانتصار المحدود، الذي حققه، قد بعث في نفسه نشوة عجيبة، أزالت كل ضعفه وتهالكه، وبثت في عروقه حماسًا لم يعرف مثله، في عمره كله..

لقد عثر على صديقه..

وهذا يكفيه..

وطوال ساعتين كاملتين، انطلق (هشام) بالسيارة عبر الصحراء، في اتجاة الغرب، دون أن ينبس ببنت شفة، أو يتحدث إلى (طارق)، الذي أرخى جفنيه، ولاذ بالصمت بدوره، وإن عجز عن اجتلاب النوم، في مثل هذه الظروف..

وأخيرًا بدأت الشمس تشرق خلفهما، فغمغم (هشام):

- من المدهش أننا لم نلتق بأية مدرعات للعدو، طوال الطريق من الممرات إلى هنا.

تمتم (طارق):

- بل هي معجزة.

لم يكد يتم عبارته، حتى برزت أمامها دبابة إسرائيلية، صعدت من خلف تل قريب، ثم اعتدلت، وصوبت مدفعها إلى سيارتهما مباشرة، فقال (طارق):

- توقف يا (هشام)، فلن يتردِّد هذا الوغد عن نسفنا، لو لم نفعل.

لم يتوقف (هشام)، وإنما واصل سيره، محاولًا الابتعاد عن فوهة مدفع الدبابة، وهو يقول في توتر بالغ:

- ربما ظننا من الإسرائيلين، لأننا نقود (جيب) إسرائيلية.

ولكن مدفع الدبَّابة تابعهما في إصرار، فقال (طارق) في حدة:

- قلت لك توقف.. إنه يعلم أننا لسنا من رفاقه.. هذا واضح ولكن (هشام) قال في عناد:

- يمكننا أن نحاول، و...

انطلق مدفع الدبابة ليبتر حديثه، وانفجرت القنبلة على قيد متر واحد من مقدمة السيارة، التي أوقفها (هشام) بضغطة عنيفة على الكامح، في حين قفزت الرمال إلى وجهه وكست السيارة بغلاف أصفر سميك، قبل أن تدفع يد معروقة كوة الدبابة، ويصعد منها ضابط إسرائيلي، صوَّب إلى السيارة مدفعة الآلي، وقال في صرامة:

- الطلقة القادمة ستنسفكما نسفًا أيها المصريان.

لم ينبس (طارق) أو (هشام) ببنت شفة، وإنما لاذا بالصمت التام، وشعور بالمرارة يملأ حلقيهما، في حين استطرد الضابط:

- لقد أبلغنا رفاقنا لا سلكيًا بما فعلتموه عند الممر، وطلبوا منا البحث عنكما، وإلقاء القبض عليكما، وإعادتكم إليهم.. ومن حسن حظنا أن وجدناكما، وإن كنت لا أنوي الالتزام تمامًا بما طلبه الرفاق.
ثم صوَّب مدفعه إلى رأسيهما، مستطردًا:
- سأقتلكما هنا، وينتهي الأمر.
انتقلت عينا (هشام) في قلق إلى سبابة الإسرائيلي، ورآها تعتصر زناد المدفع الآلي في بطئ..
وأدرك أن الموت آت..
آت لاريب..

✿✿✿

لو قُدّر لـ(طارق) و(هشام) أن يرويا قصتهما، من هذه النقطة، لاتفقا على أن ما حدث في اللحظة التالية، كان أقرب إلى المعجزة، أو هو أشبه بأحداث فيلم سينمائي محبوك، تعتمد أحداثه على سلسلة من المفارقات المتتابعة، ففي نفس اللحظة التي صوب فيها الإسرائيلي مدفعه إليهما، وهم بإطلاق نيرانه على رأسيهما، انطلقت بغتة رصاصة من مكان ما، واخترقت جانب رأس الضابط، الذي جحظت عيناه، وارتمى رأسه إلى الجانب المعاكس، ثم سقط كله خارج الدبَّابة كالحجر..
وفي نفس اللحظة برز من بين الرمال رجل يرتدي الثياب البدوية، وقفز يعتلي الدبَّابة، ثم ألقى داخل برجها المفتوح قنبلة يدوية، ووثب بعيدًا عنها في ثانية واحدة..
وانبعث من داخل الدبابة صرخة هلع..
ثم انفجرت القنبلة بدوي مكتوم..
وارتجت الدبابة في قوة، ثم استكانت على الرمال، والدخان يتصاعد من برجها في كثافة..
وفجأة ظهر عدد من البدو، كما لو أنهم نبتوا بغتة من قلب الرمال، وأسرع أحدهم نحو السيارة، ومد يده يصافح (طارق) و(هشام) وهو يقول:
- حمدًا لله على سلامتكما.. أتعشم أن نكون قد وصلنا في الوقت المناسب.
غمغم (هشام):
- لقد فعلتم.
لم يضع البدوي وقتًا في نقاش أو حوار، وإنما أشار إلى الجنوب الغربي، وهو يقول:

- اتخذا هذا الطريق في خط مستقيم، ولن يقابلكما إسرائيلي واحد، وعندما تبلغان شاطئ القناة، ستجدان شقيقي هناك، مع زورق صغير، سيكفي لنقلكما إلى الضفة الغربية.. هيا.. أسرعا.
لم يكد يتم عبارته، حتى تراجع، وابتعد في سرعة، واختفى مع الآخرين بغتة كما ظهروا، فحدق (هشام) في الرمال في ذهول، لولا أن قال (طارق):
- ماذا تنتظر؟
انتفض (هشام)، كما لو كان يستفيق من حلم طويل، ثم ابتسم في ارتباك، وغمغم:
- نعم.. ماذا أنتظر؟
ثم أدار محرِّك السيارة مرة أخرى، وانطلق بها نحو الجنوب الغربي.. واستغرقت المسيرة هذه المرة نصف الساعة فقط، قبل أن يلوح شاطئ القناة، فهتف (هشام):
- لقد وصلنا يا صديقي.. ها هو ذا النجاح يلوح في الأفق.
كان شحوب (طارق) قد بلغ مبلغه، حتى ليخيل إليك أنه لولا بنيته القوية، لكان الآن في عداد الموتى، وهو يتمتم:
- لا تبع فراء الدب قبل صيده يا صديقي.
زاد (هشام) من سرعة السيارة، وانطلق بها نحو شاطئ القناة، بعد أن لمح البدوي هناك، يقف إلى جوار زورقه، وهتف:
- ها هو ذا زورق النجاة.
تمتم (طارق) في تهالك:
- وماذا عن هذا؟
التفت (هشام) إلى حيث يشير زميله، وهوى قلبه بين ضلوعه، فقد كانت هناك سيارتان من نوع (الجيب)، تحملان الشعار الإسرائيلي، تنطلقان نحوهما..
وهتف (هشام):
- لا.. ليس الآن.
كان يقترب من الزورق بسرعة، حتى أن البدوي لمحهما، وأدرك قصتهما من زيهما العسكري المصري، على الرغم من (الجيب) الإسرائيلية، فلوَّح لهما ببندقيته، يحثهما على الإسراع..
وعندما أصبحت (الجيب) على بعد مائة متر من الزورق، انتفضت فجأة، وارتجَّت في قوة، ثم توقفت..
وفي خيبة أمل بالغة، هتف (هشام):

ـ لقد نفد الوقود.

ألقى (طارق) نظرة متهالكة، على سيارتي (الجيب) الإسرائيليتن، اللذين تقتربان في سرعة، وهتف بصديقه:

ـ هيا يا (هشام).. لا تفسد ما صار عنا من أجله.. أهرب واتركني.

قال (هشام) في حزم:

ـ لقد صار عنا لنعود معًا.

وقفز خارج السيارة، وعاون صديقه على الهبوط، ثم قال:

ـ ضع يدك على كتفي يا (طارق)، وحاول أن تسير

صاح بهما البدوي:

ـ أسرعا..

راح (هشام) يدفع قدميه إلى الأمام دفعًا، و(طارق) يحاول معاونته، ولكن ساقه المصابة، وآلامه المبرحة، وضعفه الشديد كلها تمنعه من ذلك.

وبعزيمه خرافية، واصل (هشام) طريقه نحو الزورق، والبدوي يراقب السيارتين، اللتين تقتربان في سرعة، ويصرخ:

ـ أسرعا.. أسرعا.

ثم رفع بندقيته، وصوَّبها إلى سيارتي (الجيب)، وأطلق رصاصتين.. وأصابت رصاصتاه هدفها، في دقة يحسد عليها، وانفجرت إطارات السيارتين، فتوقفتا، وارتفع سباب ركابهما الساخط، في حين اندفع البدوي يعاون (هشام) على حمل رفيقه، وهو يقول:

ـ لقد نفدت ذخيرتي.. حمدًا لله أنني نجحت في إصابة الهدفين.

بلغ ثلاثتهم الزورق أخيرًا، وهتف (هشام) في سعادة:

ـ لقد نجحنا يا صديقي.. نجحنا.

عاون صديقه على الاستقرار داخل الزورق، في حين راح الإسرائيليون يطلقون رصاصتهم نحوهم في غيظ، وهتف البدوي:

ـ فلنسرع.. لن تطيش كل رصاصتهم.

قفز (هشام) داخل الزورق، وبدأ البدوي ينطلق به، والإسرائيليون يركضون نحوه، ويطلقون رصاصتهم، و(هشام) يصرخ:

ـ نجحنا يا (طارق).. نجحنا.

ثم دوت تلك الرصاصة اللعينة..

وجحظت عينا (هشام)..

وصرخ (طارق):

ـ (هشام)..

ترنح (هشام)، وارتسمت على شفتيه ابتسامة شاحبة، وهو يقول:

- كنت على حق يا صديقي.. لا تبع فراء الدب قبل صيده.. كيف لم أقرأ هذا المثل من قب.....؟

هوى فجأة بين ذراعي صديقه، الذي صرخ:

- لا يا (هشام)...لا..

فتح (هشام) جفنيه في صعوبة، وغمغم:

- اطمئن يا صديقي.. لست أشعر بألم.. إنني على العكس أشعر بارتياح.. صدقني.. إنه ارتياح تام.. لقد سدَّدت ديني لك يا رفيق العمر.

صاح (طارق)، والدموع تملأ وجهه:

- أي دين يا صديقي؟.. أي دين؟.. انفض عن رأسك تلك الفكرة اللعينة.. اللعنة!.. اللعنة على كل الحروب!..

عادت تلك الابتسامة الباهتة إلى شفتي (هشام)، وهو يقول:

- لا تحزن يا صديق العمر.. إنني لست نادمًا على ما فعلت.. إنني أدفع حياتي عن طيب خاطر من أجلك.. هذا هو الثمن يا صديقي.. ثمن الصداقة.

وتراخى جسده بين ذراعي صديقه..

❀ ❀ ❀

مهلًا.. لا داعي لكل هذا الحزن..

ولا لكل هذه الدموع..

إن القصة لم تنته بعد..

لم تختم فصلها الأخير داخل زورق صغير، فوق مياة القناة..

بل في حجرة صغيرة، بالمستشفى العام في (الإسماعيلية)..

ففي هذه الحجرة فتح (هشام) عينيه، وتطلع في دهشة إلى وجه صديقه (طارق)، الذي ابتسم في ارتياح، وقال:

- حمدًا لله على سلامتك.

غمغم (هشام):

- عجبًا!!!.. ألم أمت؟

أمسك (طارق) كف صديقه، وقال في سعادة:

- لا ياصديقي.. لقد هزمت إرادتك الموت.

سأله (هشام):

- هل نجونا؟

أومأ (طارق) برأسه إيجابًا، وقال:

- نعم يا بطل.. لقد نجونا.. أنت فعلتها يا صديقي.. أنت أنقذت حياتي.

ابتسم (هشام)، قائلًا:
- كنت أنقذ صداقتنا يا أعز الأصدقاء.
ظهر الطبيب في هذه اللحظة، وابتسم في وجه (هشام)، وهو يقول:
- هل استعدت وعيك؟.. حمدًا لله على سلامتك.. لقد نجوت بأعجوبة، فقد اخترقت الرصاصة طحالك، ونزفت الكثير من الدماء، وكنت تحتاج إلى لتر من الدم على الأقل، وكنا نعاني من نقص في كميات الدم، و...
قاطعه (طارق):
- المهم أنه قد نجا.
تطلع إليه الطبيب في دهشة، وابتسم قائلًا:
- عجبًا!.. إنني لم أر صداقة كصداقتكما أبدًا.. أحدكما يتحدى الموت من أجل صديقه، والآخر يأتي شاحب الوجه، بساق مكسورة، ثم يصر على منح صديقه لترًا من دمه، مخاطرًا بعمره، مع كل قطرة منه.
ثم ربت على كتفيهما، واستطرد:
- أدام الله صداقتكما.
وتركهما منصرفًا، فهتف (هشام) بصديقه:
- كيف تفعل هذا؟.. ألا تدرك خطورة التبرع بدمك، وأنت تعاني....
استوقفه (طارق)، وهو يقول مبتسمًا:
- كنت أريد أن أدعم صداقتنا يا (هشام)... الآن يجري في عروقنا دم واحد.
هتف (هشام) معترضًا:
- ولكن لترًا كاملًا من دمك يعني..
قاطعه (طارق) مرة أخرى، وهو يشبك أصابعه، ويبتسم تلك الابتسامة، التي تحمل كل معاني الودّ والصداقة والمحبَّة، وهو يقول في خفوت:
- أنت قلتها يا صديقي.. إنه الثمن.
واتسعت ابتسامته، وهو يستطرد:
- ثمن الصداقة.